ACOMODANDO UM JEITO A CADA INCOMODAR

Editora Appris Ltda.
1.ª Edição - Copyright© 2022 da autora
Direitos de Edição Reservados à Editora Appris Ltda.

Nenhuma parte desta obra poderá ser utilizada indevidamente, sem estar de acordo com a Lei nº 9.610/98. Se incorreções forem encontradas, serão de exclusiva responsabilidade de seus organizadores. Foi realizado o Depósito Legal na Fundação Biblioteca Nacional, de acordo com as Leis nos 10.994, de 14/12/2004, e 12.192, de 14/01/2010.

Catalogação na Fonte
Elaborado por: Josefina A. S. Guedes
Bibliotecária CRB 9/870

P659a 2022	Pinto, Larissa Marques Acomodando um jeito a cada incomodar / Larissa Marques Pinto. - 1. ed. - Curitiba: Appris, 2022. 129 p. ; 21 cm. ISBN 978-65-250-3426-3 1. Poesia brasileira. I. Título.
	CDD – 869.1

Appris
editora

Editora e Livraria Appris Ltda.
Av. Manoel Ribas, 2265 – Mercês
Curitiba/PR – CEP: 80810-002
Tel. (41) 3156 - 4731
www.editoraappris.com.br

Printed in Brazil
Impresso no Brasil

LARISSA MARQUES PINTO

ACOMODANDO UM JEITO A CADA INCOMODAR

Appris
editora

FICHA TÉCNICA

EDITORIAL	Augusto Vidal de Andrade Coelho
	Sara C. de Andrade Coelho
COMITÊ EDITORIAL	Andréa Barbosa Gouveia (UFPR)
	Jacques de Lima Ferreira (UP)
	Marilda Aparecida Behrens (PUCPR)
	Ana El Achkar (UNIVERSO/RJ)
	Conrado Moreira Mendes (PUC-MG)
	Eliete Correia dos Santos (UEPB)
	Fabiano Santos (UERJ/IESP)
	Francinete Fernandes de Sousa (UEPB)
	Francisco Carlos Duarte (PUCPR)
	Francisco de Assis (Fiam-Faam, SP, Brasil)
	Juliana Reichert Assunção Tonelli (UEL)
	Maria Aparecida Barbosa (USP)
	Maria Helena Zamora (PUC-Rio)
	Maria Margarida de Andrade (Umack)
	Roque Ismael da Costa Güllich (UFFS)
	Toni Reis (UFPR)
	Valdomiro de Oliveira (UFPR)
	Valério Brusamolin (IFPR)
SUPERVISOR DA PRODUÇÃO	Renata Cristina Lopes Miccelli
ASSESSORIA EDITORIAL	Renata Miccelli
REVISÃO	Josiana Aparecida de Araújo Akamine
PRODUÇÃO EDITORIAL	Bruna Holmen
DIAGRAMAÇÃO	Yaidiris Torres
CAPA	Mateus Andrade
REVISÃO DE PROVA	Bianca Silva Semeguini

Bença, vó.
Depois de tudo que aprendi com você sobre dedicação,
deixo para ti esta dedicatória.

AGRADECIMENTOS

Agradeço à minha mãe, por ser sustentação em tantos momentos: pelo amor, cuidado, educação e ensinamentos que carrego vida afora.

Ao meu pai, por ter me dado a vida e base para meu desenvolvimento.

Aos meus avós paternos, que me mostraram nas trocas caminhos lúdicos.

Aos meus avós maternos, pelo amor, ternura, cuidado que estenderam na minha infância e por toda minha vida. Em especial, minha avó (*em memória*), Maria José Guimarães, que me deixou um legado na alma e que, em sua homenagem, aparece aqui em tantos poemas.

À minha irmã, por ser tão dedicada, forte e me ensinar tanto. Por todo amor e grandeza do nosso vínculo.

Agradeço aos meus tios e primos, por contribuírem com nossas vivências especiais, pela nossa união e por me fazerem experimentar diversidade e amor na minha existência.

Ao meu companheiro, marido e parceiro, por dividirmos nossas vidas, trajetórias e escolhas com respeito e amor.

À família do meu marido, que é uma segunda família para mim, que me acolhe com tanto carinho e cuidado.

Ao Davi, Arthur e Alice, por resgatarem em mim a alegria e vivacidade da infância, com todo amor que sinto por vocês.

Aos meus amigos, que evocam em mim a felicidade dos bons encontros e me dão extensão de uma vida que vale a pena ser vivida.

Aos meus professores da graduação na Uniube e todos que tive contato na trajetória pós-formada, que foram me abrindo caminhos, questionamentos e desejos.

Aos meus pacientes, que confiaram parte de suas trajetórias a mim, que me fazem uma profissional mais dedicada e atenta a cada necessidade, assim como a responsabilidade do cuidado com o outro, e por, inclusive, me ensinarem tanto.

E à minha terapeuta, que esteve ao meu lado por anos, nas dificuldades e alegrias, ajudando-me a encontrar caminhos e clareza nos dias duros. Agradeço toda escuta que me auxiliou a olhar a inacabável construção de ser.

Perdi muito tempo até aprender que não se guarda as palavras, ou você as fala, as escreve, ou elas te sufocam.

(Clarice Lispector)

APRESENTAÇÃO

Que gosto de escrever é verdade. Mas, essa é uma verdade quase dada.

Inicio aos sete anos uma poesia sobre o arco-íris e dali eu não paro mais.

Então dizer que gosto de escrever é pouco, diante dessa quase necessidade vital que sinto.

Gosto também de brincar. Brinco com as situações, com as formas e deformidades. Assim os enunciados transpassam os sentimentos e acontecimentos.

Brinco com as rimas, com o calor da emoção e com o frio do vazio.

Talvez, a poesia seja um pouco disso, brincar sem saber onde vai dar.

Recrear-se com isso que nos deixa "ser e fazer" o pique-esconde.

Encontro nos abismos eu mesma, os outros e os fatos-afetados.

Que bom que quase sempre eu acho as palavras. E quando não as acho, elas vencem aqui para (só) junto e longe de mim, serem sentidas.

Assim e por fim, sou também uma entusiasta dos paradoxos, não tento resolvê-los, mas eles me dão arcabouços inspiradores.

O significado do nome Larissa é "cheia de alegria", mas acho que, quando algo da realidade é brutal, sou mesma é invadida pelo que angustia. Respiro fruição no meio desses polos, com os paradoxos e nessa rima (im)perfeita: alegria e angústia.

Diante dessa desarmonia, comunico com o que faz parte da vida e deste livro também.

São permeados de ludicidades e seriedades na potência que é viver.

Brinquemos juntos.

PREFÁCIO

Quero iniciar este prefácio me dedicando ao título da obra, *Acomodando um jeito a cada incomodar*. Vou separá-lo em partes. Segundo o dicionário *Aurélio*, "acomodar" possui alguns significados como tornar cômodo, pôr em boa ordem, alojar, hospedar. "Um jeito" seria uma maneira, uma forma de fazer. "A cada incomodar", a cada mal-estar que acontece, a cada desconforto que surge pelo caminho. Nesse jogo entre as palavras "acomodando" e "incomodar", a autora passeia entre seus significados e significantes fazendo uma ponte entre elas, e não uma ponte qualquer, pois é por meio de um modo de fazer: com a sua poesia e com o seu jeito de tornar cômodo qualquer incômodo que ousa aparecer.

A autora parte da utilização do paradoxo como uma das características fortes na construção de seu estilo poético. O que é a vida senão a contradição em si? Tudo/nada, sim/não, noite/dia, morte/vida... E para dar conta desses extremos, a linguagem nos presenteia com a conjunção "e". A conjunção aditiva "e" tem a função de conectar elementos em uma mesma frase ou ideia. Dia e noite, tudo e nada, morte e vida. Diferente do binarismo exposto pela lógica de uma coisa ou outra, nos vemos diante de uma expressão que une. Isso e aquilo também. Acredito que essa conjunção tem a capacidade de abarcar a experiência humana. Contemplar e abraçar a humanidade existente entre os polos contrários, extremos. Os opostos que representam o todo, a vida e o viver, integralmente.

Como no parto, em que o corpo é tomado por uma carga de dor imensa no mesmo instante em que a vida surge. Como viemos ao mundo: chorando, gritando, sangrando e existindo, respirando, resistindo. As poesias deste livro nos contam sobre essa função paradoxal que existe em nossa vasta experiência em sermos humanos.

Para desenhar seus cenários poéticos, a autora utiliza a ludicidade de inúmeras formas; brinca com os sentidos das palavras por suas semelhanças e variações; explora as letras como se estivesse testando o alfabeto; provoca rimas extraindo som daquilo que escreve; experimenta as sonoridades das sílabas como fosse uma criança que balbucia e que está aprendendo a nomear as coisas. Como se brincasse com o seu processo de aprendizagem da escrita, e mais, ouso dizer que desvela um belo e intenso processo de alfabetização das emoções.

Dessa forma, tenho a impressão de que há um cuidado minucioso pela escolha das palavras, tal qual elas se encaixam muito bem na composição dos versos. Há um profundo respeito aos detalhes, aos sentires e aos (tantos) sentidos. Esse recurso cuidadoso e criativo, que é marca essencial da autora, autoriza e incita a divagação filosófica pelo sentido das coisas, abrindo possibilidades para que os sentimentos do leitor se confrontem com as percepções dadas a algo socialmente e, a partir disso, novas chances se abrem para elaborações daquilo que foi experimentado durante a leitura. As poesias do livro têm essa capacidade poética de desarranjar as sensações e realocá-las em novos lugares. Assim como sugere o título. *Acomodando um jeito a cada incomodar.*

Ao mesmo tempo que as poesias trazem um ar de esperança e fantasia, algumas delas aparecem com indignação, revolta e sentimento de necessidade de justiça, principalmente nos poemas que abordam acontecimentos relevantes de nossa época, na qual a escrita expõe desejos de transformação da realidade. Essa mistura revela um ponto importante da obra, que é poder sonhar novos horizontes com consciência social sobre as questões estruturais.

Durante a leitura deste livro, me senti exposta às minhas próprias contradições e vulnerabilidades, me deparei com as questões humanas existentes no antagonismo entre o sentir e o pensar. Condições estas que, muitas vezes, não são fáceis de serem expressas e Larissa faz valer em sua poesia ao conseguir tocar nesses lugares de forma delicada, amorosa e contundente.

Caro leitor, prepare-se para aprofundar em suas emoções. O resgate de uma certa infância, sagaz e inventiva, cultiva o ritmo desta obra. As composições poéticas, as letras, as métricas e as rimas harmonizam o conteúdo. O contato com a essência da condição humana funciona como a melodia principal e como diz a autora, "os tons emocionais" explorados nesta obra são música aos olhos de quem lê.

À Larissa, meu agradecimento, por me fazer mergulhar em tantos afetos que sua escrita é capaz de alcançar.

Boa leitura!

Caroline Almeida
Psicóloga e escritora

SUMÁRIO

Quando foi que nasci?......................................22
Velejar......................................23
Repassando......................................23
Encontro......................................24
Vício de rimas......................................25
Reparação......................................26
Tessituras......................................26
Você foi, e você, Não vai......................................27
Inaugurar......................................28
Cuidar de si......................................28
Escrever-Reexistir......................................29
Outonar-se......................................30
O que é saudade?......................................31
Compartilhar......................................32
As palavras......................................34
O mal-estar trans.forma.dor......................................36
Levanta daí moça......................................37
Olho e espero......................................38
Durezas......................................38
O tempo......................................39
Observa......................................40
Aquilo......................................40
Queria ser poeta......................................41
Faminto povo......................................43
Estupro coletivo......................................45
Com uma adolescente (2016)......................................45
Autopergunta......................................47
SONHAR......................................47
Escrita......................................48
Insônia......................................50
Receita para engordar......................................51
Pandemia. Revelar-rebelar......................................52
Habitação......................................54
Pôr-do-sol......................................56
Plantar pra dentro......................................57

SUMÁRIO

Olhantes 59
Moise Kabagambe (Assassinado) 60
Expressividades 62
Entrelaçar tempos 63
Poços 64
Quando sorrir 66
Sopros 68
Para que poesia? 69
Escalar 70
Versos soltos 71
Descobertas 72
Sumindo e abrindo 73
Versando com o que consigo-Sigo 73
Inauguro versos 74
Cores: 75
Teimosa 75
Templo 76
Sociedade'ets 76
Dilatação 77
Viva 78
Denúncias 79
Como assim não criar expectativas? 80
Sabore(AR): 81
Periferia 82
Desgaste 84
Pandemia Voos 86
Sentidos 87
Confusão 88
Gerindo e gerando a vida 88
A vida de um novo lugar interno 89
Revolta 89
Olhar 91
Lutez 93
Acalma gente 95
Flu(indo) 95

SUMÁRIO

O novo e o velho 96
Perder a Vovó 98
"Continu-indo" 99
Saudade e Despedida 100
Ler 102
Banho diferente 104
Casa, corporificada 106
O tempo 107
Viver 109
Depois da perda 110
Renascendo 111
Sentidos pós-perda 112
Encontros 113
Sensações 114
Desa-Rotar 115
Liberando 115
Nasce e morre 116
Indagando 116
Um dia chuvoso 117
Substituir 119
Caminha(amar) 119
Fluir 120
Cuida 120
F's 121
Substâncias 121
Genuinidade 122
Aquela sensação 122
Avião 123
Libert-ar 123
Desa-fogar 124
Cárcere aberto 124
Baila 125
Labirinto velado 125
Máquina vital 126
Finais 127
Acabar sem cessar 128

As ideias de uma pessoa no movimento de indagação.
Os poemas de uma mulher em afetação.
As reflexões de uma profissional em ação.
Tudo deu lugar a este livro. Agradeço:
Minhas histórias, memórias, vivências.
Que incluem: alegrias, dores, escolhas,
renúncias. Em cada verso e realidade
Quero agradecer minhas percepções
e sensibilidade. De dar diferentes
lugares aos fatos
e Vulnera-
habili
dades.

Desenho: **Funil**, derivado de Infundere, "derramar dentro de".

O que de dentro derrama para dentro-fora; fora-dentro?

(Fonte palavra funil: origemdapalavra.com.br)

QUANDO FOI QUE NASCI?

Nasci no marco biológico.
Nasci no marco psíquico.
Nasci nas primeiras experiências emocionais.
Nasci quando fui descobrindo a vida.
Nasci quando senti os primeiros aprendizados.
Nasci quando no ápice da dor segui:
Nasci através dela tive um novo olhar.
Novo eu.
Nasci quando mudei o jeito de pensar e agir.
Nasci quando experimentei outro estilo de roupa e cabelo.
Nasci quando plantei futuros que deram certo e errado.
Nasci quando vivi e olhei para minha história.
Nasci sentindo a vida e acreditando na força dela.
Nasci muitos dias.
E pretendo continuar a renascer.
Um dia eu vou morrer
Mas, nos demais eu pude criar e experimentar:
Diversas formas de nascer.

É bom pro trajeto, munir-se de afeto.

VELEJAR

Pela aposta dos dias mais:
Atentos.
Vivos.
Conectados.
E pulsantes.
Pode até parecer demais
Mas, eu não sei viver anestesiando.
Se é pra doer vai ter lugar.
Se é pra amenizar vai ter também.
Nem sempre inspirada
Mas, sempre aspirando.
Sigo tentando.
Sigo remando.

REPASSANDO

Através da escrita passo por portais inimagináveis.

Não penso antes, sinto durante.

Quebro, desato, crio, imagino.

Possibilito. Refaço.
Entrego, verso, pulso.

Trans(bordares).

Quebro barreiras com as palavras
E daí o corpo pode no novo seguir

Vou aqui cuidando de cada poro aberto: pra tratar de deixar entrar mais Vida.

ENCONTRO

Estava tudo largo e solto
Inventei um versinho pequeno
Queria registrar então
Algum sentimento de abrangência
Não consegui apalpar
E nem pensar em nada melhor hoje
Só acordei querendo usar e praticar
A palavra tangência.

O que a gente constrói dentro vai com a gente sempre...

VÍCIO DE RIMAS

As rimas brotam.
No meu dedilhar elas nascem já com as palavras.
Tento fugir delas, mas me parece uma compulsão.
A sonoridade casa as palavras, transpassam o que penso.
Às vezes o que não queria ou o que pode vir a existir.
Também o que desejo
E em via de regra o que estou a sentir.
Conversam, dialogam, brincam
Mesmo não sendo familiares.
Mesmo não falando a mesma coisa.
Mesmo com significâncias distantes, elas traduzem
Conversam, sintonizam a leitura
E o som que transportam de seus lugares.
As palavras têm mais que sentidos e significados.
Elas têm esse dom de trazer som.
Som das rimas, som das ideias, som nas músicas, som nos versos.
Som que nos faz viajar, aterrissar.
Denunciar.
As palavras são uma via importante de comunicação.
Pois até nas poucas letras há uma significação.
As palavras me encantam.
E anunciam tanto — que eu tento jogar com elas.
Devolvo esse presente.
Entrego para a leitura-escrita uma tentativa (in)voluntária de sintonia:
Com alegria.
Se vez ou outra as palavras me salvam de certa agonia
Por que eu não fazer delas um lugar de harmonia?

REPARAÇÃO

Reparando posso reparar
Em cada reparo uma costura de enfrentar
Reparando posso notar
Se não tiver lugar satura sem tentar
Reparando se pode restaurar
Olha, então! Devagar...
Rearranja.
Dá ponto.
Desbota, nota.
Abre, rasga, na ação da reparação.
Bons motivos para continuar
Novos sentidos podem chegar.
Outros registros vão anunciar:
Só se repara se puder reparar.

TESSITURAS

Somos muito mais profundos do que conseguimos definir de modo breve.
Porque somos o que acontece e o que vai podendo acontecer...

VOCÊ FOI, E VOCÊ, NÃO VAI

É uma saudade que não dá pra matar
É uma saudade que vem me afogar
É uma saudade que lateja e me faz lembrar
É saudade de alma
De querer abraçar
Saudade difícil de simbolizar
É uma saudade que estima seu lugar
Choro, aceito, olho...
Essa saudade me faz te ter perto um pouco
Você não está
Mas as (memórias) estão.
E elas fazem a saudade me lembrar:
Isso faz que doer e isso que faz passar

Nas palavras desfaço de embaraços. Grata por criar por meio da linguagem:
Tantos espaços.

INAUGURAR

Hoje estou de um lado que desconheço
Exprimi muitas sensações desse lado
De um jeito que tô do avesso
E parece que esse é o lado visceral
Com ele eu cresço.

CUIDAR DE SI

Em cada autocobrança que surge se perde a chance de se encontrar...
É preciso revelar: autocuidado começa com saber se respeitar.

ESCREVER-REEXISTIR

Pela escrita vou existindo e reexistindo.
Resisto insistindo ou descubro desistindo.
Desisto de um verbo busco outro
Aquele que nomeia melhor minha sensação
Depois posso apalpar outra ação
O verbo novo clareia uma direção.
Então existo de novo nesse verbalizar
Deslizo com outro modo de significar
Falo, penso e escrevo.
Sinto, noto, teço.
Apalpo faltas.
Noto lugares.
Afirmo dúvidas.
A possibilidade nasce com as letras
Com as formas
Com os sentidos
Por isso não escolho escrever
Não é como se pudesse escolher
Digo isso ou aquilo porque existe
Porque incide ou porque inaugura
Na existência entrego ao simbólico outro tipo de voz
Ao possível uma forma que se cria e recria
Daí o tom da resistência
Porque resisto, denuncio, crio.
Existo, pulso, comunico.
Vou indo, mas não desatenta.
Invento um caminho para dentro e vou existindo de novo.
Numa ponte que me leva longe.
Longe aqui dentro...
Quanto mais longe eu vou aqui neste universo
Confesso, que sim: mais perto eu fico de mim.

OUTONAR-SE

Tenho eternidades e brevidades.
Escolhas e renúncias.
Esfarelo convicções para modelar novas percepções.
Vou tentando a vida mais leve
Seguro as importâncias com unhas e dentes
Questiono o banal... Erro, acerto.
Rompo cada normal com a loucura real
Paradoxos imperfeitos... Relatividades aceitas
Honesta com valores inegociáveis
E flexível com machucados perduráveis
Abro os braços para a vida
Às vezes sensível. Às vezes precavida
Mas aberta a sentir o que vibra
E vibra... e vibra...
Um tanto empolgada. Um tanto tímida
E mais ainda teimosa em descobrir
Daí a espontaneidade entretém com a timidez
As alegrias sambam com as fissuras
E cada dor vai achando sua munição
Luto, danço, sorrio, choro.
Eu não diria sempre na totalidade
Mas inteira — na possibilidade
E... disponível: a tatear, questionar, conversar, olhar.
Diria que entre perguntas e respostas
Nessa loucura que é viver
Nessa intensidade que é ser e continuar sendo
Eu sinto.
Recolho, encolho, permito.
Assim eu cresço(?) abro, enxergo
Continuo querendo ir.
Flertando com tudo isso que me deixa viva aqui.
Minha humanidade comunica: continue a sentir.

O QUE É SAUDADE?

Saudade é quando eu vejo a velocidade dos dias
E penso no que já fui
É quando eu olho para dentro e percebo minhas escolhas
Saudade é quando eu percebo o que volta e o que não volta mais

É quando sutilmente desencontro do que ficou para trás
É despedir de algumas texturas da infância.

É começar a acreditar que pode continuar
Mas de forma diferente
Saudade é inominável, é também indomável

Traz vida do que foi, do que passou, do que se tornou...
Saudade é quando eu olho para o tempo passado
E no futuro ainda tenho esperança
Saudade é sentimento? É sensação? É emoção?
Saudade se materializa no coração
Aperto e pulsação

Das pessoas dos cheiros, cores, sabores...
Saudade é sensibilidade

Aperta quando a dose vem e se revira com insanidade
Conforta, porque aproxima daquela realidade

Então: saudade é possibilidade...
É quando me aproximo nos movimentos internos
Mas estou afastada na verdade
Pode trazer dor...

Pois, fala muito sobre afetos, vivências e amor.

É resquícios da experiência que fica
Oscila em desconforto e felicidade
Do que é vivido passado
Ou quase presente quando retorna com intensidade...

COMPARTILHAR

Eu tenho escrita compulsiva e elaborativa.
Tem dias que escrevo para sovar as repetições
Outros para experimentar criações
Tem dias que eu parto pra cima da rima
Vou brincando vendo que afeto combina
Outros só para registrar aquilo que me desanima
Tem dias que a escrita é técnica nada de arranjos emocionais
Outros dá a largada para os espaços simbólicos bailarem demais
Tem dias que é escrita sem graça sem ideia
Outras é viva, aberta, delirante
Tem dias que a escrita é fluida, parece uma sinfonia
N'outros me salva de certa monotonia
A escrita denuncia o duro da vida
O doce da repercussão
E dos enlaces
Tem dias que é escrita de corda pra imaginação
Outras sinalizam a realidade sufocada
Nem sempre sei quando escrevo onde vai dar
Mas gosto dessa surpresa que as palavras podem tomar
Eu escrevo quase que dia sim e outro também
Porque a escrita me guarda do mundo e me lança como ninguém
Porque escrita é fato, "a-feto", futuro, passado
É jeito bom de livrar, livrando, pra ser livre
Por isso eu escrevo quieta
Ou barulhenta

Guardo ou comunico

Mas a escrita fica viva, porque assim não sonho sozinha
É ela em companhia comigo.

Lanço-as e vejo se pode ser fecundo.
Pois, às vezes, as palavras podem chegar e fazer-se
Outros compartilharem do mesmo mundo.

AS PALAVRAS

Ardem feito fogo
Queimam velhas ideias
Incendeiam minhas perspectivas
As palavras revelam forças das histórias
Comunicam conceitos
Riçam e viram chama grande
As palavras me dão força
Me dão imaginação
Abrem portais. Inauguram lugares
Recriam outros
As palavras também vêm do outro
Como chama ardente
Que também me chama
E incendiamos juntos
As palavras guardam marcas
Recomeços e rupturas
Verdades e pequenezas
Tentativas e erros
As palavras são pontes
Me olho com elas... Me conheço através delas
Vou para outros cenários. Dão chão
As palavras efetuam a vida
Pulsam a passagem. O fato.
Elas desengasgam... Elaboram... Convidam
Tenho respeito pelas palavras que vieram antes de mim
Tantos autores, tanta linguagem compilada

Se não fossem as palavras escritas e verbalizadas
Onde a gente ia enfiar a dor?
Como "eu te amo" ia ser a expressão do amor?
As palavras são futuro-presente e passado condensado
Por isso elas queimam fora de controle...
Toda essa imensa possibilidade embrasar a alma.

O MAL-ESTAR TRANS.FORMA.DOR

Às vezes queremos abrir as janelas
Fechar as portas. Pular as grades
Desacorrentar a alma
Limpar os cacos... Ou juntá-los.

Às vezes queremos renovar o ar
 Mudar o cheiro da fase

Mudar a cor do tempo

Às vezes queremos nos permitir ficar só
Chorar nas mudanças... Criar esperanças
Tentar na fé

Acreditar na reintegração...

Às vezes queremos não reconhecer as pessoas
Nos atos, nos fatos, nos rastros...

Às vezes queremos curar a ferida antes da hora
 E não entender que cicatrizar demora.

Às vezes queremos dar voz a nós mesmos:
 As sutilezas de nossos pensamentos,

A essência de nossos sentimentos
Mudar.
Descobrir novos sentidos. E referências...
Mas, ficando em silêncio, percebemos
Des-conhecemos: o ditado é incerto

O tempo é um oscilante remédio
Com ele não tem dose garantida
Traz respostas, pistas ou reflexão
Não passa em vão...

Nos mostra que às vezes não é ao redor que precisa mudar
Mas, que dentro de nós está havendo renovação

E sendo lento pode traz dor e confusão:
Mas, é daí que surgem as possibilidades
 Ou inferências da atual transformação.

LEVANTA DAÍ MOÇA

As heranças batem horas a fio no teu corpo.

As marcas culturais e sociais já te ensinaram suficiente
Como você deveria se comportar

Levanta daí, e enfrente as opiniões

Coloca sua voz no mundo e denuncia o absurdo

Conecta com sua infinidade e esmaga essa moralidade.

Cultua tuas escolhas.

Levanta daí moça.

Encontre outras maneiras de comunicar o que te ensinaram a calar.

Revela e rebela

Chora e dá a volta por baixo
De lado
De frente

Sem pressa

Sem necessidade de provar nada

Mas levanta daí e vamos re.fazer esses caminhos

Anos a fio aprendendo sobre o ilusório-estável e bailando com o real-mutável.

OLHO E ESPERO

Em cada silêncio eu escuto:
Uma imensidão...

Menos conteúdo,
Mais presença e
Eco de respiração.

DUREZAS

No momento da insanidade
descobrimos pondo à prova
novos bordados e remendos
com nossa capacidade.

O TEMPO

Não deixe o tempo morrer
Nem o tempo matar

Não permita o tempo te sufocar
Não deixe de estar, falar, amar.
O tempo vai passar

Não deixe o tempo apagar
O que há de mais preciso e precioso que o tempo?
O que temos
O que teremos
O que permitimos ter
Não deixe cada detalhe se perder

Quem vai nos salvar?
Quando o tempo voar

Se deixar as vidas mais corridas

É o tempo não dá tempo de resolver
Nem responder
Mas, mesmo assim o tempo vai passar

Fazendo ou imaginando
Na ação ou idealização
Por que não cuidar hoje?

Se eu pudesse hoje dizer
Válido para mim e para você:
Cuidar do tempo é respeitar nosso modo de viver

Olhemos no que fazer para não apenas existir
Não apenas respirar
É viver não deixando o tempo passar

E em vão acabar

OBSERVA

Para a vida não espanar
Não deixe de observar
Respira com calma
Há muita vida para desejar

AQUILO

Que é profundo, que é antigo
Que ficou sem espaço.
Que traz cansaço
Que é difícil nomear, entender, explicar.
Essa dor, incômodo ou situação
Que precisa começar ter outro lugar.
O correio-emocional informa:
Aquilo precisa se comunicar.

QUERIA SER POETA

Porque dizem que poeta fala do sentimento
Poeta também fala do sofrimento
Não sei se quero falar
Do que não dá para explicar
Sofrimento tem tormento

Mexe por dentro...

Difícil acalento.

Olho para dor do meu irmão
Dois pesos e duas medidas
Isso não conforta não

Queria ser poeta, mas poeta não fala só de alegria
Poeta também é agonia. Poeta não é só poesia
Tem cor forte e tem cor vazia
Fala do mal e do que ensina
Do aprendizado e do machucado
Poeta não vai pedagogizar
Nem autoajudar
Mas traz nas linhas algo a compartilhar
Horror, amor, denunciar!
E se nem tiver definição para a dor?
Seja como for
Desejando rasgar ou repaginar
Inventando e tendo o que elaborar
Então respira, respinga e pensa

— Poeta eu sou.

Entrega a possibilidade de falar
O que parece que a alma não vai aguentar
Parece ruim, mas tudo tem fim

Queria ser poeta, mas poeta fala além de mim
Mais do que posso entender

Então me permito ver e ser
Sou poeta ou adquiro essa forma para sobreviver.

FAMINTO POVO

Ó povo faminto
Que diz: olho e sinto

Na verdade, não sabe se sente
Não percebe que mente
É ilusão que preenche vazio
Não reflete e segue caminho
Isso não é sentir, seguir, viver

Isso não é olhar para o outro e para si.
Qual a fome que não tem nome?

O que consome...Te come?
Tem significado as ações?

Quão intencionais são as alienações
Ó povo faminto, olhe para si
Mas, não só para o seu umbigo
Quer tempo para descansar, corre sem parar

Tem um futuro em mãos o presente atrasado
E o resultado sem significado não adianta chegar

Como fica o essencial?

O ideal é crença e a nutrição interna não faz diferença?
Ó povo! Que sentido está dando à sua existência?!
O universo faz eco. O vínculo não é mantido, não está fortalecido

Interesses superficiais o que importa é o "ter" demais...

Excessos de barulhos vazios

Silêncio: para uma fome que não se mata
O importante é consumir: mas não é vida
É consumo desumano. Que tira sono. Que vira doença
Que tira presença. Que sangra alma. Que liberta,
mas enjaula

Que se envolta na dor

Ó povo faminto: que olhemos
E enxerguemos pessoas...

Que pessoas tem voz
Que existe humanidades entre nós

Que títulos façam moisacos com a sabedoria
E não separação de categoria.

Ó povo faminto — que exista legado
Que mudemos a nós e o mundo
Que viver venha com experimentar.

Que saber combine com fazer.

Construir e descobrir
Que no existir possa haver sustento
Não apenas de alimento
Mas crescimento

Que haja uma população que dê significado
E não faminta. Que se nutra de dignidade
Reflita e sinta...

ESTUPRO COLETIVO COM UMA ADOLESCENTE (2016)

Eram 30? Ou uma cultura quase inteira?
Podia ficar ali olhando o movimento
Mas nesse eu me adentro... A causa é minha também

Você é Vítima, não pode ser julgada por ninguém!

O que esperar de uma sociedade boa em julgamento?
Será que conseguirão ter um pouco de acolhimento?
Eu estou aqui, mas não equiparada no seu sofrimento

Hoje foi um caso de muita repercussão
Mas estou sentindo impotência diante a proporção

Não são trinta!
É uma Cultura é a compactuação

Hoje suas lágrimas e dor são compartilhadas
Mas o que faremos para que essa violência seja lembrada?

Não reforçada, mas superada...

É o que está na novela, é a música da novinha, é
aquela piadinha
É a falta de pano, é a culpa, é a discussão:
Houve consentimento ou não?

Meu Deus, não é isso...

Humanidade explica: não tem nada a ver com provocação
O que é que está na não reação por anos de geração
em geração?
Não vamos nos mobilizar a uma solução?

Não precisamos de ninguém me avisando como lidar com
nosso corpo...

Nossa direção não pode ser questão de sorte
Ver a alma sangrar até a morte
Mata-se diariamente. É silencioso

Vim aqui para urrar barulho
Estou embrulhada, revoltada, "barulhada"
Vim deixar nos versos um pouco de tom e som às vozes silenciada(s)
Ganhando força não vão nos calar, deixo nosso recado:
Espero que seu tempo esteja contado estúpido Patriarcado!

AUTOPERGUNTA

Re.Construir
Com os cacos.
Aprender a desobedecer
(Re)Conhecer.
Sem fórmulas
Nem respostas.
Muitas perguntas.
Desentranhar na vida os significados.
Aprender antes do ter e fazer
É necessário ser.
E nessa questão se reconhecer:
— Já se perguntou sobre o teu mais importante?

SONHAR

É grande parte do caminho que temos a percorrer para realizar.

ESCRITA

Em cada lugar eu escrevo
Não é como se eu escrevesse por toda parte
É como se falasse de lugares que ainda nem visitei
Peculiarmente
Crio essa intimidade
Escrevo sobre o gesto. Sobre o olhar
E o que está a inaugurar.
As palavras vêm e dou-lhes logo um lugar
Fico mais próxima do que estou a experimentar
Reconstituindo no caos e cais
Bravuras e branduras
Componho as interrogações
Observo as contradições
Posso registrar... Livre
Ou com o que depois venho a pensar
Sentir — seguir
Se a escrita extravasa de algum lugar
Dou a chance de poder comunicar
Somos espaços se fazendo e refazendo
Somos propostas de futuros e laços do presente
Somos amantes de experiências que podem ser traduzidas
Fazemos de um lado pro outro
Mansidão e inquietação
Escuta e olhar
Tradução e modos de descobrir
Ela respinga, salta, soa, recita.
Ela sai, existe, ela é.

Por tanto somos e fazemos escrita por toda parte
Testemunhando essas partes existentes
Situando as que foram
E desbravando aqui, mundo adentro o que ainda precisa ser...

INSÔNIA

Meu corpo deita, mas a alma levanta.

Minha paz me acolhe
E minha inquietação me espanta
Me sinto integrada e me sinto em pedaços.

Queria dar voz a tudo, mas preciso descansar
Um furo, um tiro, um enforcamento.

As palavras vêm, preciso dar voz.
Sou a coruja no silêncio.

Qual silêncio?

Não está assim aqui dentro.
Tento entender esse tormento.
Tento fitar algum acalento.
Nessa linguagem sem lucidez

Me veste e me cobre de sentidos e não sentidos.
Me entrego ao momento.

Às vezes as palavras faltam, mas
No sentir não há escassez.

Tudo que trans-borda.
Me reitero de novo.

Preciso descansar.

Se as palavras já gritaram suficiente já pude transpassar.
O excesso de futuro pode sufocar.

Crio laço no presente.
Posso tentar,

E só consigo se depois da insistência virar resistência
De remendos nos furos que transbordam a existência
Daí posso me entregar.

Preciso,
Vou descansar.

zzzzz

RECEITA PARA ENGORDAR

Vamos enchendo nossa mesa de boas conversas
Aquela boa troca que nos renova e inspira
Bateremos quantas colheres de profundidade for necessário
Para conceber o ponto
Nosso ponto.
Não o ponto-final.
Mas o que que mergulhamos cada vez mais
Na nossa imensidão.
Misturamos trocas, diálogos, experiências
Deixamos fluir como nos auxiliar a aprender
Revisitando bons lugares ou novos-lugares-internos...
Boas escutas, bons alimentos, choros ou risadas compartilhadas
O afeto é a gosto.
A gente pode engordar o nosso interesse
E tornar o viver mais interessante...
Curiosos e ativos.
Engrossar
Untados de nossas fragilidades
Intensidades, alegrias e memórias.
Tudo cabe aqui.
Nos nossos processos gordos de histórias.
Desfazemos por instantes as imposições do fazer
E aspiramos esse receitar
Seguimos para o mundo: gigante que cabe aqui dentro.
Porque cabe.
Cheios de nós. Cheios de outros.
Pela gordura que indica lugares de cura.
Ou por um espaço de nutrição
Através do viver e sonhar
Degustando com experimentação.

PANDEMIA. REVELAR-REBELAR

A vida tem sido teimosa: insiste de diversas formas para nascer.

Ela tem sido pretensiosa.
E dolorosa, mostra o que precisávamos
Ou precisamos continuar a fazer.
Tem sido densa, mostra como é importante cuidar.

E impaciente porque precisamos aguardar.

A vida tem sido fértil inventa, revira, revolta.
Cobra, passa, fica.

A vida tem sido pouco verbo. E muito substantivo.
Dá qualidade às coisas, às substâncias e às distâncias.

A vida tem sido impositiva... Resmunga quer espaço
Quer liberdade. Quer reviver.
A vida tem ensinado repensar.
Reparar. Contemplar. Desacelerar.

A vida tem trazido recarga nas memórias
E descarga nas saudades.

Ela chora e briga, sorri e vibra.
Insiste porque é rebelde.

Nasce. Nutre e quer continuar. (Re)nascer.
A vida não sabe se trancar.
Daí a gente respira. Respirar.

Daí a gente se entrega. Aguardar.

Daí a gente se embala. Se cuidar.

Daí a gente sossega. Entregar.

Daí a gente rebela. Recriar.

Daí a gente rasga e ressignifica. Emocionar.
Daí a gente inventa espaços. Virtualizar.

A vida é tudo que temos.
Deixo que ela possa se manifestar.
Deixo-a ardente pra comunicar.

Escuto os recados do que ela sabe fazer.
A vida tem que nascer. A vida tem que ficar.

HABITAÇÃO

Vou habitar novos espaços
Vou desagarrar de velhos trajetos
Vou experimentar rotas
E outros percalços... Vou andar descalça
Mudar o fluxo que não se sustenta
Quando não mais se aguenta
Inquieta
Como quem se experimenta
Vou seguir e deixar sair
Por outras vias e mais recursos
Vou apalpando outros processos
Historicizando minha própria existência
Compreendendo a constante impermanência
Vou habitar novos espaços...
Deixar o tudo e o vazio conversarem
Dar as mãos ao que pode ser povoado no novo-possível
Num bailar com as variações
Tatear as emoções... Sentir as relações
Vou ali no caminho que me constrói
Retirar as verdades que não se sustentam
Compactuar com as perguntas que me acalentam
E as respostas que me reinventam
Vou experimentar novos sentidos no corpo
... Na pele... nos poros... no paladar...
No cheiro, no jeito, no gestualizar
Ação, movimento: novo radar
Não dá para parar
A vida não tem trégua

Vou trafegar, vou falar, vou ralar, vou sorrir e chorar
Mas não paro não
Porque habitando
Eu descubro mais mundo para habitar

PÔR-DO-SOL

Vistas
Horizontes
Perspectivas
Ângulos
No Urbano e Rural
Versões
Em minutos mudam
E eternizam
Os ventos
E sentidos
Para cada novo Olhar.

Com calma, vou cuidando do que faz sentido e recusando o que não faz.
Descobrir é trabalhoso, mas viver a vida também é.

PLANTAR PRA DENTRO

Curiosa de navegar
Com desejo de conhecer
E mais ainda de inventar
Reconhecer os passos
Costuras das memórias
Inteirar-me das narrativas.
Olhando para o que escapa
Feroz para o que maltrata
Aberta ao que inaugura
Inquieta pro que não deixa segura
Aos meus verbos dou ainda mais ação
As minhas ações trato de adjetivar
Conhecendo pontes
Para desejos que existem poderem perdurar
Depois outras maneiras de transitar
Muda de novo o sentido
Rasgo e revejo
Sentido — sentindo — "outrar-se"
Não desejo o raso. Contagio e visito
Nos descobrires possíveis
Experimentando
Criando com formas, vozes e afetos que chegam
Harmonia e fúria... No avesso da realidade
Especulando novas possibilidades
Eu sei, sinto e permito
Quero viver essa sensibilidade

Com os pesos, recuos, alertas
Com o que me impulsiona a refazer meus caminhos
A não ficar quieta: navego, mergulho
Pulsando e acreditando
Colhendo: essa vida que não para de querer nascer

OLHANTES

Olhar amoroso
Fuzilante

Terno
Sapeca
Olhar preguiçoso
Desesperançoso

Olhar afetivo. Carente
Quente

Olhar infantil
Maternal

Julgador
Olhar de pena
Que condena

Estremece
Enriquece

Interpela
Olhar que penetra

Que aceita

Que rejeita

Fascina

Abomina

Olhar que responde

Que interroga

Que vigia

Que roga

Quantos olhares nos cabem?
Vendo a importância de notar
Aprendemos ter e a olhar cada olhar?

MOISE KABAGAMBE (ASSASSINADO)

Sonhos enforcados... Olhos arregalados
Últimos suspiros. Sem o salário
Sem palavras para justificar... Esmagado morreu
Tentando fugir da violência natal
Caiu na farsa do país "tropical"
Abençoado?
Teu corpo vale
Tua pele carrega o peso da ancestralidade
Do trabalho escravo. Da fuga pela libertação
Dos estupros coletivos. Dos dentes fortes
Com bocas violadas. Corpos silenciados
Da colonização.
Hoje matam a sangue frio
Não existe mais trabalho escravo?
Não recebe nem a semana passada.
Estava bêbado eles disseram.
Com essa mania repugnante de culpar a vítima.
Sabe que nenhuma palavra consegue alcançar
Guardo um pouco de silêncio em tua memória
Não queria reivindicar a dor e a cor
Não queria me sentir tão pequena diante tantas forças perversas
Sufocam essa nação. Não reconhecem sua culpa
De novo, desculpa.
A gente é besta e vai deixando tudo se embranquecer
As mãos ficam livres do sangue
As consciências livres da responsabilidade

Torturaram tão despreocupados que esqueceram até da gravação

Se amordaça o corpo. Ele não estava à venda

Junte-se aos nossos antepassados... E ficamos firmes contra essa gente

Por cada alma colonizada. Por respeito a essa memória...

Nosso grito entupido: é por toda nossa culpa em silenciar os danos

Tentamos aqui nossa falha e pequena resistência.

EXPRESSIVIDADES

Choro entalado
Conversa que não sai
Memória não comunicada
Sensação não verbalizada
Sentimento com nó
Complexidade não expressada
A palavra trava no corpo, na garganta, na corda vocal.
Precisava ser dito
Precisou ser silenciado
Misturas que abafam
De vez enquanto é bom olhar
Para esses pesos
Soltar as pedras
Rever os afetos
Dividir o que perdura
Acolher a fissura
Desatando os nós
Possibilitando que as expressões desatem
Para que a vida siga
Com menos peso das coisas que petrificam
Se só com você fica.
Partilhar para que a corda que amarra
Possa transformar em tração e não fixação.

Que respiro e que aperto é viver nossa subjetividade...

ENTRELAÇAR TEMPOS

Entrelaço.
O que fica. O que foi. O que é.
Para dar conta do que será.

Amarro.
Dou um passo.
Revivo.

Remonto — apavoro — rememoro — comemoro.
Entrelaço: tento no que é nó fazer laço.

Entrelaço a história para dar contorno no futuro.
Aí não ficamos em apuro.

O presente pede lugar seguro.
Entrelaço nesse espaço

O que é vivo o que é intenso.
E foi vivido
Meço e peço
Entendo esse momento o que precisa entregar.

O que precisa costurar.
O que se ganha com a atenção de não deixar as coisas passar
A vida é continuamente eco do passado
Se faz no presente
Para ter uma futuridade dos tempos que souberam conversar.
Souberem seguir e de algum modo re.organizar.
Os tempos não se sobrepõem, não se dominam.
Não domesticam
Nem se deixam invisíveis.

Puderam dar lugar.
Puderam entrelaçar

POÇOS

Quantas vezes olhamos para os poços fundos
Instáveis
Perdemos referência
Desejamos resetar
Parece que vai afogar
Sem terra firme sem saber por onde começar
Precisamos de calma
Tempo e elaboração
Caminhar devagar
De repente aceitar que alguém dê a mão
Começar de novo aos poucos
Pisar para sentir... para imaginar
Ou refletir por onde ir
Sensações e mistos
Oscilações da vida
No bravo e no brando
Do fundo, do raso
Há que ter amparo
Construir recursos
A vida é feroz
Ela não dá tempo as vezes de ajeitar
O passo o nado.
Descalços, caminhos e redemoinhos
Refaço no laço
Com perguntas... Com tentativas
Com apostas e amparos
Para sair do poço

E descobrir
Saídas com pés que apostam na caminhada
Novos passos com outros encalços
E menos embaraços.

QUANDO SORRIR

Não é porque a vida é fácil
Mas ela é — à sua maneira

Não é que "pensar positivo" ajuda...

Mas investir nos encontros e sonhos pulsa
Sorrir para algo poder florir

Seguir e descansar. Sorrir até gargalhar.

Abrir. Até transmutar.

Por espontaneidade ou teimosia

Sorrir para o que foi e para o que pode vir
Sorrir para revelar a nudez da boca

Cumprimentar e prosseguir
Não riso tolo. Forçado.

Pela imposta; ilusória e compulsória felicidade

Mas pela alma que sabe onde faz intimidade e verdade
Sorrir para partir. De um lugar interno
Que pode abrir e transitar
Suavizar?!

Que pode lembrar: os risos de histórias velhas-e-novas
Sorriso que possa ser amigo: abrigo

Sonoridade.

Sorriso inteiro. Verdadeiro. Leal e real.

Se hoje não tiver bem.
Se ele não aparecer, tudo certo.
Não faz mal... As lágrimas são bem-vindas também.

Aparecem e lavam a alma. A gente espera
Rememora o ontem e dá uma espiada no porvir.
Aguarde. Insiste.

Depois se tem um novo olhar
E aí se esperança... E aí a gente sorri.

Diariamente não. Se hoje não der
Amanhã a gente resgata um motivo novo
E sorri mais um pouco.

SOPROS

Escuto isso que nasce
Do escuro vagaroso
Vagando
Que incide perturbando
Embolo e trago
Aos poucos vai subindo
Feito fumaça
Feito brisa
Fresta
Abre para um porvir
Clareia incendiando
Nunca vi nada igual
A clareza que vem soprando
Sonhar é abismo
Que vai abrindo
Espaço que vai brotando
Contemplo
Essa forma de existir
Enquanto clareio o que vou
Cri.ando

O que a gente faz com a certeza da brevidade?

PARA QUE POESIA?

Isso que preenche e esvazia
Não poderia responder
Paradoxo da vida
Motivo de não morrer
Recitar e tecer
Poesia é entrada
Entranhada
Em tudo que posso ver
Teço sem saber
Só podendo sentir
Só podendo fazer
Assim é a resposta
Poesia é força pra viver

Aumenta a clareza e discernimento:
Se pausar a pressão e culpa.
O que realmente te cabe nesse momento?

ESCALAR

Mexer nos lugares de proteção
Criar lugares de segurança

Questionar as resistências
Construir as permanências

Descontruir as insistências

Se abrigar e desejar nas internas-residências
Subir cada degrau leva a força

A força que escala e é conectada.
Em cada passo da caminhada.

Sabe qual é um dos paradoxos que mais gosto de traduzir afetos pesados na escrita?

Estou desmoronando no mesmo momento que estou brotando.

VERSOS SOLTOS

Olhei para a multidão acertei na solitude.
Rasguei os medos para alçar coragens.

Tentei alguns dias com poucas certezas
Acreditando na força
E na vitalidade

Arrisquei me conhecer, explorei.
Teve dias chatos, descansei.
Sendo tédio também.

Apesar de inquietações quase sempre me comporem.
Sou esse desconhecer conhecendo.

Contradições que me fazem
Perguntar e sintonizar mais.
Perguntas dos sentidos.

Respostas questionadas.
Universos intensos.

Às vezes recolhidos.
Às vezes rebeldes.
De uma margem a uma borda.

Teço e vou tecendo.
Sem estilo dou voz.

Já doeu muitas vezes, mas essa costura me refez.
Silêncio. Registros. Erros. Aprendizados.

Meu sustento é o que noto e comunico
São camadas de verdade que trago de dentro

Sigo traçando pequenos futuros.

DESCOBERTAS

Descobrindo
Desvelando
Descanso do descaso
Significando
Haja caminho
Para percorrer
Contrariando toda essa imensa fonte
De fome de ter
Vou n'outro ritmo
Comungo com tudo que preenche
Nosso cresCer

Não existe previsão do tempo para tentar nossos sonhos.

SUMINDO E ABRINDO

Quando algo em nós começa a desaparecer
Algo pode começar a ser.

Nem tão longe para um apagamento acontecer.

Nem tão certo para nada começar a tecer.

Quando a gente se questiona
O que aparentemente está a morrer
Indica espaços para algo começar a nascer.

Não à toa eu escuto muito: "eu não quero mais fazer isso"
"Não quero mais ser assim".

No desaparecimento também
Há frestas para o nascimento.

VERSANDO COM O QUE CONSIGO-SIGO.

Ontem eu não vi, hoje eu vejo.
Naquele dia eu perdi, hoje remexo.
Sem tato, sem ato, sinto.

Decido e sigo.

Não decido, emboto. Noto.

Jogo com as palavras essa trama minada.
Ganha espaço e tonalidades.

Vou seguir com muitas perguntas
Com minhas intensidades
Descobertas e verdades
A aposta reajusta outras possibilidades

INAUGURO VERSOS

Recorto afetos.
Recomponho vivências.

Não jogo nada fora.
Odeio desperdícios.
Falo de mim e do que me compõe.

Dou voz aos sonhos
E aos dias menos comemoráveis.
Aconchego. Elucido.

Contorno, nos entornos

Digo e transcrevo, traduzo o desassossego
Fissuras e medos
Se trans-formam

Em devires nos possíveis libertários imaginários

Há que ter sentidos para começar questionar os des-sentidos.

CORES:

[Entre o preto e o branco existem muitas tonalidades pra brincar.]

Se a gente troca de letra o que é **d do d**olorido pode ficar também
                              colorido.
Por isso talvez seja válido olhar os tons emocionais. Qual nossa cor doída e a que muda o sentido?

TEIMOSA

Me opus

Travei

Sem chance

Teimei

Eu mesma enverguei

Eu mesma quebrei

TEMPLO

Alojo aqui o tempo
Para esquecer o relógio
Assim eternizo a sensação
Revigoro a memória
E celebro a interna
Eternidade de cada momento

SOCIEDADE'ETS

Normóticos
Robóticos
Performóticos
Faltou palavras
Para definir o tanto de
Cobrança
E esmero-exatidão.
Esqueceram os ossos
A pele e a humanização...

DILATAÇÃO

Dia longo
Noite tardia
Madrugada prematura
Minutos que esgotam
De tanto pular
Dentro
De cada momento
Como se desse para encurtar
Alongar
Ou antecipar-aproximar
Da famigerada resolução.

Às vezes apalpo de partes de mim escrevendo:
Versos, palavras, textos, imaginações.
Tece um pouco do que acontece.

VIVA

Encolhida,
pequena.
Solta,
grande.

Tensa, respirando.
inícios,
Fins.

excitação,
Tranquilidade.
inundada,
Fechada.

quieta experimentando.
Atenta, distraída.

o que me compõe se define

No indefinível.
reconheço, desconheço.

Para conhecer.

O que faço é dividir espaços da minha calma inquieta.

DENÚNCIAS

Sou ativa em tudo que já tentaram me calar.
Tímida
Vivente resgatada no que minhas palavras puderam plantar.
Criticidade, conexão, literatura.

Dando voz de lugares outros.
Adivinha se não vou teimar?

Cada vez que diminuíram minha motivação
Eu finquei meus pés no chão.

Nem sempre motivada, mas também jamais silenciada.
Às vezes uma cansada inspirada.

Mas, de novo: jamais uma inteira calada.
Se fui impedida em alguma medida

Tá aqui, entrego ação no que acredito.
Teço no sutil discreto.

Atenta
Dou-lhes minha palavra.
Escrita, vivida e sentida.

Às vezes pesa a calma, às vezes pesa a pressa...

COMO ASSIM NÃO CRIAR EXPECTATIVAS?

Se cria sim
Se alimenta
Deixa ninar
Descansar
Pode brigar
Alimentar
E aos poucos ir pondo
Limites nela
Fazendo contornos
Depois ela segue seu caminho
Parecendo um filho
Não nos deve nada
Pode seguir destino
Na melhor das hipóteses ela criada
Nos dá orgulho
E isso nos recria
Ou decepciona
Porque assim como filho
Não tem como exigir como deve seguir
Expectativas irão por si existir
Se alinhar com nosso desejo é raridade a se curtir.

Conectar com nossas verdades:
Viver é um baita desafio.

SABORE(AR):

Que gosto tem o desgosto?
Sem sabor, dissabor sem cor?
Pouco vigor, incolor, amargor?

Como afinamos os sentidos nos afetos-sentidos?
O que nutre nossa dor e amor?

Haja gustação para tudo que se mistura no
Paladar, Alimentar, Experimentar.

Temos sensações para degustar
E sentimentos para refinar.

É preciso fechar alguns espaços para outros se abrirem.
Nas dinâmicas concretas e nas simbólicas.

PERIFERIA

De estômago vazio não se dorme
Sem nutrir o corpo a alma não sonha

Com medo da bala perdida não descansa

Se a cor da sua pele é questionada
Parece que a caminhada já foi condenada
Ausência. Medo em vigência.

Como escapar do futuro desenhado?
Desdenhado...
Como lutar para um presente mais amparado?

Como escolher outro caminho
Quando as negligências abriram tantos machucados?
Silêncio na noite. Fome de dia.
Brincadeira proibida.

Sustento pro irmão mais novo
Sem orientação. Sem proteção
Geograficamente: exclusão.
A vida segue como dá
Agora o tempo implora

Olhar que sente, pede, chora.
Semáforo conta como as direções estão:
— Os pés quase no chão.
Fontes e vozes de humilhação
Há que ter voz

Que denuncia a labuta e desestrutura
Eu olho para essa luta

Enxergo e sinto, tento costura
Eu não nasci imersa

Mas questiono

A infância que conduz para
Uma adultez sem direitos como deveria

Cuidemos. Olhemos com o que contribuímos
Para invisibilidade das durezas na Periferia

DESGASTE

O corpo para trêmulo, cansado.
As costas mostram o peso

O estômago a passagem

As mãos o pulso e pulsação
Os pés o presente

Coração apertado-afrouxado
Ossos, pele, poros.

Vísceras, cartilagens, composição

Anuncia que corpo em

Desgaste é corpo em decomposição

Retoma o fôlego, não distraia de sua humanização
Acaricie.

Respeite. Respira.
Suspira. Descansa. Dança.

Cria.

Se joga para o nada. Repara.

Espera. Contagia. Inventa.

Não deixe esse corpo escapar

Sua função não é juntar órgão e fazer organização
É entrega e vivenciar

É experimentar e experenciar processos
Atente ao corpo

Integralidade dos cuidados e do caos
Seja resistência

Não submetemos a esse falido projeto de exaustão
O corpo é nosso mundo em movimento e exploração
Deixarmos esse corpo vivo-ativo.

Sob o desgaste: um resgate
E a possibilidade

De vida no corpo
Com o corpo em vida.

PANDEMIA
VOOS

As janelas estão trancadas

Os pássaros cantam vagarosamente
Me convidam a abrir e escutar:

A alma não sabe se enjaular

Pula saltitante, sabe até me cansar
Planejando, festejando, pestanejando

Sabe levar para outros pensamentos, tempos, lugares
Eita alma boa de memória

É através dela que guardo, remexo e revivo história
Da o alívio e dá a tensão

A mente precisa ficar sã

O culto aos corpos distantes não parece uma boa ideia
Logo nós, humanos, sociais

Frutíferos se nutridos nas trocas
Ganhamos mais do outro
Deixamos mais de nós

Alma custosa que escapa volta
Cirandamos e desgastamos

Mas presta atenção, o pássaro ali já vai voar
Cantar em outro lugar

Obrigada pequeno voante por lembrar

A alma descansa dos voos agoniados aqui dentro

Ao me lembrar de todos voos possíveis ainda iremos dar.

SENTIDOS

Me sentia fraca
A música entrou

Cansada a arte respingou

Sozinha a lembrança fez companhia
Alegre o corpo movimento
Revoltada a escrita vazou

Animada a voz fez o coro
Desanimada a cultura ressoou
Desgastada o desejo pulsou
Ativa o sonho afirmou

Novos lugares ou lugares outros
Melhores possíveis

Imaginações passíveis de elaboração
A criação

A intensidade

O lugar pros afetos

Tudo somado nesse dentro e fora
O mundo tem lugar

Liberto e desejo liberdade
Com fé

Na vida

E nos sentidos

Que nascem, pulsam e se recriam.

Não posso indagar se eu tivesse feito outra coisa
seria melhor
Aquela lá era outra de mim.

CONFUSÃO

Às vezes a confusão traz uma confissão.
Pistas do que ficou ecoando sem reflexão.
Sem exploração.
Sem lugar de reparação.
De ordens diversas.

Confusão talvez envolva caminhos minados.
Medos guardados.

Lutos concretos e simbólicos: desamparados.
Confusão. Sentimento e sensação.

Ordem corpórea e abstração.

Estar com confusão é linha cruzada de direção
Mas também possibilidade de entender

O que de fato precisa ser naquela ocasião
Eco em outra situação. Conselho não adianta não.

É preciso sentir e expressar. Respirar.

Talvez há ali a possibilidade de inaugurar de maneira mais
Inteira algo importante para a decisão: conexão.

GERINDO E GERANDO A VIDA

Fui me cuidando. Cuidar de mim amplia limites

Cuidado de mim e cuido para não invadir o outro
Penso em possibilidades

Encontro melhores realidades
Minha coluna agradece

Tiro o peso de mim. Tiro o peso do externo

Construo com o que posso
Com o que tenho: Respiro. Respeito.

Gerando a vida e parindo a leveza de ser quem sou
E gerindo com calma o que ainda não é.

A VIDA DE UM NOVO LUGAR INTERNO

E era no deserto... Solo pouco fértil
Território com fissura
Que pude começar criar
Há afetos que nos esvaziam
Fazem uma bagunça imensa
Mas também são possibilidades de reinventar
Sem a dor romantizar
Mas... em terreno fértil e tranquilo
Talvez não precisamos germinar
Algumas mudanças e potências desembaraçam e surgem
Daquilo que ainda precisamos começar a plantar.

REVOLTA

O que é que vai e volta?
O que pode ser revela-dor e trazer reviravolta?
O que dá para produzir para parar de revoltar?
Volta com raiva?
Ou é a própria raiva que revela novas formas de seguir?!
Voltar. Destruir. Partindo de um novo lugar.
Revoltar é voltar com mais energia
Ou com energia gasta de dar a volta?
Complexo é revelar a volta.
Fechar a porta. Desatar o nó.
Desengasgar.

Para não re-voltar é importante então revelar?
Ou rebelar?
Para não causar tanta volta é possível reorganizar?
Se ainda volta como é que vai enfrentar?
Sugiro que a revolta precisa mudar a via
E espaço para se amparar.

OLHAR

Teve um dia que eu re-experimentei meus olhos
Eles eram invenção no mundo. Um dia que a normalidade não fazia diferença
Não queria ser atropelada por regras e certezas
Esses olhos eram nus e crus. De quem estava aprendendo
Para inscrever e registrar. Era um exercício sério
Era também para descontrair e brincar
Olhar de vários ângulos. Era olhar do doido, do doído
Da loucura e da insanidade. Das dores e da sensibilidade
Era olhar humano: fértil, forte, fugaz para o feroz...
Era olhada suave... Não contraditório, mas olhar cruzado
Eram muitos olhares atentos... Tentativas conectadas
Olhar para as verdades e sutilezas
Dúvidas e não certezas. Não esse olhar contaminado
Tão imerso na lógica racional: com cheiro de pudor. E cheio de manual
Era olhar da des-comprenssão... Do gosto de interrogação
Dos sentidos e pulsação. Pro simples
Pro imaginativo e contemplativo
Era olhar meu e do outro. Das trocas na caminhada
Do olhar que doei e que recebi.
Da forma que me enxergo e que também os vi: Profundos, humanos, cidadãos, sujeitos
Olhar pra fora e pra dentro
De quem olha e sente. De quem vê cara de gente
Ainda estou aprendendo afinar meu olhar
Eu ainda estou tecendo esse lugar
Lugar de quem vê, quem chora, quem sorri, e enxerga

Pra imaginar, pra sonhar, para afirmar.
Pela vida que se desvenda e se lança
Em tudo que a gente pode perscrutar com respeito
Se a gente puder possibilitar: não pra ver ou saber
Mas pra enxergar para muito além do olhar...

LUTEZ

O luto revela algum tipo de nudez.
É como se a alma fosse invadida e desvestida.
Revela de modo nítido significados que passam
Despercebidos aos olhos apressados do cotidiano.

Por isso a palavra elaborar parece caber tanto.
Há que elaborar a distância, a saudade
Novos modos de compor o mundo sem a pessoa
Há a dor da ruptura
Há os excessos dos significados esmiuçados
Prontamente aparecendo na sua alma descoberta e despreparada.

Por isso a nossa vulnerabilidade e humanidade
Aparecem com tanta força no luto.
Ele é um véu que cai que descobre e faz descobrir.

Haja trocadilho.
Não posso ser mais a mesma. O luto anseia pelos novos sentidos
Nas fissuras nascentes. Ele não é discreto.

Faz a gente mudar na melhor das hipóteses
Nossa relação com a vida.
Com nossas significâncias e modos de estar aqui.

Luto nos joga na extremidade.
Se é fim faz olhar para os começos. Se é morte faz olhar pro que deve nascer.
Se é essa descoberta faz a gente querer se aquecer.
Daí fazemos como dá... Cada um no seu tempo
Com seu ritmo e modo de elaboração
Traça um ritual para assentar esses processos.

Luto. Vem de lutar? Lutar contra ou a favor?
Contra a dor e a favor do que denuncia sutilezas e profundidades do amor.

Bravo. Brisa. Brega. Belo. Bruto. Brando. Bagunça. Blindagem.

Faz o tempo se remexer — se embala na nitidez
Do que é essencial para recobrir e agora vivendo após essa Lutez.
(Luto e nudez).

Fragilidade e Força — e um dia de cada vez.

ACALMA GENTE

Bateu a desesperança

Chorou feito criança

Prendeu a respiração

Esqueceu os remédios

O que era solução?

Chega de soluçar

Estenda sua imaginação

Com lugares pra dentro

Esse fora caótico

Vai ficando sem espaço

Para tanta afobação

FLU(INDO)

Isso que me flerta
Me deixa mais esperta.
Porque a vida não é certa
Daí a vontade de deixar a porta aberta
Logo entra uma nova forma e desejo

De experimentar
E inventar a existência mais liberta
Com responsabilidade e espontaneidade
Vou livre — Na danada incerta

Um jeito que me deixa em alerta
Mas que possa ser leve

Senão de tanta atenção, me aperta
Aprumada; Aceito a oferta

Não é que desejar me concerta
Mas possibilita estar ativa no modo de:

Constante descoberta.

O NOVO E O VELHO

O velho me ajuda com a referência.
O novo com uma abrangência.
O velho me faz inferir.
O novo me ajuda evoluir.
O velho me dá segurança.
O novo me traz esperança.
O velho me faz repetir, manter.
O novo me faz elaborar, crescer.
O velho me contorna para viver.
O novo remexe para renascer.
O velho me captura na postura.
O novo me possibilita afagos e nova-costura.
O velho me dá um quente por dentro.
O novo me permite nova temperatura; movimento.
O velho me ensina.
O novo me cria.
No velho há um alojamento.
No novo eu experimento.
O velho me faz ir com calma, olhar.
O novo me pulsa para experimentar.
Eu não posso viver sem o velho ou sem o novo.
O velho me faz por vezes saber.
O novo me permite não deixar de querer conhecer.
No velho pode haver acomodação, resistência.
No novo há o laço de potência.
Levo na vida o velho como bússola, ou conexão.

Mas o novo é indispensável, porque nele possibilito nova direção.

O velho também é importante: me ajuda ir apalpando, sentindo, vendo.

Mas no novo me desdobro:

Porque nele eu posso continuar: Sendo...

PERDER A VOVÓ

Perder quem a gente ama
Traz uma infinidade de dinâmicas de uma vez.
Processos se abrem.

Ritos, olhares, dúvidas
Certezas e muitas coisas se iniciam e findam ali:
No que se encerra e no que nasce.

Comigo tem sido assim.
Busco nas lembranças afago.
Busco na materialidade proximidade.

Guardei tiaras de cabelo que eram dela.
E eu sempre amei. Tenho várias.

Eram dela e agora são minhas.

E as minhas será que vieram
Através da minha observação das dela?
Não sei.
Mas muito permanece em mim
Das nossas trocas, vínculo e tempo juntas.
Por vezes pelo amor e como sensação que é.

Por vezes nas sensorialidades e materialidades que ficam.

A nossa constituição humana é realmente permeada
de detalhes.
E os detalhes dela seguem aqui vivos:
Afinando meu modo de enfeitar o cabelo — e a vida.

"CONTINU-INDO"

Vamos encontrando muitas formas de sobrevivência

Com o tempo conseguimos questionar
E recriar modos de vida na vida

Em diferentes níveis e intensidades existem muitos desafios

Encarar nossa humanidade e vulnerabilidade
Fortalece nesse processo
Se reconhece formas que adquirimos e as quais podemos refutar
Quais ainda lidar

Mais honestos e inteiros vamos seguindo
Certezas cabem muito pouco

Então abertos a certa flexibilidade

Com doses de criatividade

Porque não dá pra controlar
Para o processo se potencializar
Para o desprazer resgatar

Para se refazer de formas mais robustas
No fim a gente não foge de quem a gente é

Mas quem somos pode se fortalecer
Na medida em que experimentamos
O que precisamos
E descobrimos para continuar a aconteCer.

De vez em quando se puder entregue ao outro o que é dele.

SAUDADE E DESPEDIDA

Eu vou aqui aprendendo a refazer o mundo sem você
No início era difícil. Hoje mais possível

Como dizer adeus em menores doses: se me foi arrancada de uma vez?

A saudade ganha novas formas... Porque a princípio só machuca

Depois ela que nos ajuda ter afago nas lembranças
Queria tanto poder me despedir

Mas a saudade revela todas as formas que fui nutrida
E por isso vou dando um jeito de seguir

Honrando, sangrando, sentindo.
Amando tudo que me deixou.

Dentro do que me dói
E do que me mantém e ensina a estar aqui.
Com o tempo vejo um pouco de saída.

Dentro da agonia existe um pouco de alegria
Começo a pensar nas possibilidades de seguir

Porque a bem da verdade não existe isso de romper
Muito fica aqui.

Tudo que existiu, tudo que é, tudo que nutriu
A despedida é ponto de partida. Mas também é ponto de chegada

Volta e meia despeço de algo. Despeço porque concretamente você se foi.

Mas não despeço, porque simbolicamente você permanece aqui
Na minha base e constituição. No que me é profundo...

Então aos poucos sinto a despedida acontecer
Porque a vida vai seguir agora sem você.

Mas ao mesmo tempo ela acontece

Porque o que você deixou é capaz de me fazer seguir

Entendo que por você posso ter essa possibilidade de gradualmente
Mas não definitivamente me despedir.

Seu partir, vou seguir. Estou a sentir.

Por todas essas formas que você está aqui
E se estende no meu existir.

LER

Nos intervalos eu leio
E não é somente nos intervalos de trabalho
São nos intervalos da vida

Quando se põe agitada e caótica demais

Leio os livros, leio também com escuta as sintonias musicais
Leio o mundo.

Revejo interpretações de ideias e ideais
Quando os sentidos se exacerbam

Eu leio: e saio de mim — da pura razão para então sentir
Para reconfigurar vidas que nascem

Aqui dentro, como possibilidade
Eu leio olhares e pôr-do-sol
Leio tons da vida

Troco letras, faço rimas.

Aquieto, possibilito que a escrita flua.

Como reivindicação, como poesia, como prosa interna.
Leio meus sonhos, leio meus pesadelos.

Sou uma leitora desde nova.
Observo gestos, olhares.

Leio sinais que compõe meu mundo.
Gosto muito de criar.

Leio e faço algum tipo de invenção, manifesto.
No ato motor ou no descanso que é renovador.
Gosto de conectar.

A vida segue nos ciclos, bravuras e branduras.
Segue nos sutis, nos pequenos, nos detalhes.
Segue nos grandes, nos complexos.

Sem muito compreender
Ela não é didática

Portanto, não leio sempre para entender...
Mas para traçar sempre novos modos de aprender a Ler

BANHO DIFERENTE

Naquele dia tomei um banho diferente
Me despi das roupas
Me despi dos títulos
E despi das funções
Despi também das expectativas e pressões
Eu não era filha
Não era esposa
Não era irmã
Não era profissional
Não era amiga
Despedi e senti
A mim
Com a meia-luz
Brinquei com a água
Sorri com as ideias flutuantes
Desconectei de mim também
Então ali eu não era ninguém
E não importava... Não queria
Deixa para lá isso de se reconhecer
Naquele dia despedi e despi
De frenéticas ideias do fazer
Experimentei somente estar ali e ver
E quando saí foi leve
Novos sentidos sujos
E sensações começaram a aparecer
No dia que despi de tanto e tudo
Pude então mergulhar no meu

Indefinível

E peculiar modo de sentir

E durante e depois: ver como e quem sou
Sem pensar e compreender

Apenas ser...

CASA, CORPORIFICADA.

Entrei naquela casa, algo estranho me tocou.
Será que era dor e camadas de desespero?

De não abraçar seu corpo e sentir mais seu cheiro?
Será que já eram as sutilezas grosseiras
Que despertavam a saudade que estava por vir?
Como lidar como esse exercício constante
De olhar o mundo sem te ter?

Como se matricular nessa responsabilidade
De seguir a vida sem você?
Sigo encontrando formas
E revendo interpretações do que ficou.

Por novos sentidos, na tarefa árdua
E pouco motivada de despedir aos poucos.
Nas memórias que nutrem do piso ao teto.

Risos que estão na parede.
Quadros que te presenteei.
Infância que me lembra do colo e base também para
ser na vida.

Hoje entrar na casa que complementa a difícil
tarefa de seguir
Casa de tijolo, casa de estadia interna, casa de consolo.

Reúno mais tarde longe daquele lar que me traz inquietude
vários objetos:
Fotografias, cheirinhos, tiaras e seus adereços

Coisas que podem até dizer que é bobo, no preço
Mas afinal: quando a casa na verdade já é morada
Como é que a gente explica o valor

Que você faz aqui nessa casa-interna
Sobre as infinitas formas de comunicar Amor?

O TEMPO

O tempo detém muitas coisas. Marcas, memórias, histórias.
Ouvimos dizer que ele pode curá-las.
Mas a bem da verdade depende que tempo e que coisas
Existem tempos que ajudam abrandar questões
Que no início estão difíceis de processar.
Esses não fazem nada, apenas favorecem um pouco
de digestão
Para determinada situação.

Existe o tempo que usamos ao nosso entendimento: tempo-
-movimento:
Nele nos dedicamos aos assuntos chatos
Com mofos que precisam ter um lugar de entendimento emocional

Com essas ações usamos os tempos diversos
E somos mais ativos no cuidado do presente que o passado
não deixa descansar.

Há tempos dolorosos e esses às vezes precisam de
mais tempo.
De silêncio, de concessão.
De mexer aos poucos, porque tempo forçado é sentido
como invasão.

O tempo por si não nos cura, porque as feridas dependem
de fatores outros.
Porém o marcador importante é como embalamos nesses tempos
Sejam para descansar, descascar, cuidar ou eternizar.

Se a passagem do tempo por si só fosse curativa:
Os términos de relacionamento seriam mais fáceis
Os lutos, as perdas, as traições, medos e ansiedades.
Bastaria que o tempo passasse e ali nos desabrochássemos.

A verdade que é às vezes o tempo não está nem aí pra nós.
Nossos recursos e conexões que precisam serem mais alimentados
Como estratégias de vida mesmo. Porque sobre sofrimento, dificuldade e dor
Não há tempo esclarecido e garantido a nosso favor.
Então por precaução e não unanimidade melhor a gente não se desgastar
Esperar ou anestesiar. Melhor a gente se perguntar:
O que quero sobre o que o tempo hoje pode me proporcionar?
Mais atentos e ativos podemos conversar sobre como esse tempo (Agora)
Pode ser usado para — Cuidar, Criar, ou na melhor das hipóteses: Ressignificar.

VIVER

Às vezes viver cansa
Tem fases que dá vontade
De fazer nada

Resolver nada
Ser nada
Sentir nada
Cuidar de nada
Mediar nada
Resgatar nada

Afrouxar essas correntes
Que amarramos

Que nos amarram
Estar no inócuo
Superfície

Pausar pra continuar
Porque o nada constante
Não é bom lugar
Aprender com ele apenas
O recomeço, o vazio, remendo

Respiro
Nova tela interna do novo tempo
No nadismo

Refazer e refutar
No resgate desamarrar
Importâncias se refazem
Começo poder com novo olhar
Do que questiono — vivo

Viva, suave no possível agora
E depois no breve de novo
Com menos garantia e mais
Tudo aos poucos

DEPOIS DA PERDA

De repente uma força pulsa
Algo salta em meio ao desânimo e à dor
As dificuldades dos dias parecem ensinar como ficar mais forte
Respiro no suspiro

Parece que há solução no meio do soluço
Porque há amor no meio disso que emaranhava no horror
Parece que a esperança faz dança

Me ensina os passos
Parece que o olhar consegue lançar-se para projetos e novos futuros
Parece que o presente se desenha melhor nesse incalculável incontrolável
Dou um jeito depois de tanto sentir começar traçar melhores narrativas
Elas padecem dos sonhos, que surgem através das fissuras

Organizando pensamentos
E encontrando formas novas

Floresço aos poucos com esses novos sentidos
Tentando nesse novo um jeito de seguir
Descobrindo mais existência por qual continuar
Colhendo a vida latejante que se manifesta aqui.

Experimento versões.
Versos grandes ou outras ações?!
Possíveis de mim.

RENASCENDO

Às vezes canso da minha voz.
Escrevo.

Às vezes canso dos meus traços
Experimento mudanças no estilo.
Às vezes canso dos meus afetos
Solto e racionalizo.

Às vezes canso de racionalização
Poetizo.

Às vezes canso da vida
Encontro ferramentas que me dão novos possíveis.
Às vezes canso de mim, deixo entrar mais do Outro.

Às vezes canso do outro
Dou-me um jeito de criar mais intimidade comigo

Às vezes canso das injustiças desse mundão,
Faço atos que amparem um pouco o social
Que nos compõe.

Às vezes canso de lutar, vou pro lúdico:
Lugar de pausa e do descansar
Às vezes canso do tédio...
Agito, danço, pedalo, traço sonhos.

A vida é indomável nos nossos processos, sentires, fazeres.
É bom a gente não deixar de se despertar.

Honestidade com o que somos.
Coragem para o que almejamos ser.

Integridade com o que conseguimos até então

Entre cansar e descansar.
Ser e estar. Conseguir e falhar.
Existe uma vida intempestiva a nos fazer experimentar.

SENTIDOS PÓS-PERDA

Encontrei frestas regulatórias
No externo que me ajuda materializar
Processos largos de intensidade

O que vale no momento da angústia?
Como alçar novos sentidos
Perguntar sobre novas referências?

O peito apertado:
Era uma anatomia com problema?

Ou uma alma que se sente encolhida e pequena?
Nesse momento as lembranças auxiliam

O presente, pressente

Parece que haverá novos respiros
Até tudo se encaixar

Me encarrego de viver esses mistos
De força e vulnerabilidade

Por melhores circunstâncias

O que me leva novamente a crer
Versando as sensações
Compondo com emoções

Dando novos respirares às situações
Fazendo um laço no tempo e espaço
Um abraço de reconfiguração.

ENCONTROS

Quando um corpo encontra outro corpo
 e sorri

Quando um corpo encontra outro corpo
e escuta

Quando um corpo encontra outro corpo
e dialogam

Quando um corpo encontra outro corpo
e fazem amor

Quando um corpo encontra outro corpo
e revelam

Quando um corpo encontra outro corpo
e descobrem

Quando um corpo encontra outro corpo
e desbravam

Quando um corpo encontra outro corpo
e trocam

Quando um corpo encontra outro corpo
outros corpos nascem

Quando um corpo encontra outro corpo
esses "re-corporificam"

Quando um corpo realmente encontra outro corpo
muito nasce sob esses corpos

Novos inscritos se estabelecem

Quando um corpo encontra outro corpo genuinamente
Muito pode nascer
E dali se (re)encontrar...

SENSAÇÕES

Matar a sede
Puxar a coberta quando frio intensifica na madrugada
Dormir com sono

Lençol trocado
Pisar na areia

Cheiro de terra molhada
Beijo demorado

Música
Sorvete cremoso
Abraço apertado

Gargalhar até a barriga doer
Voltar para casa após uma viajem

Resgatar na memória bons tempos e encontros
Ouvir a sabedoria dos mais velhos

Rir com a pureza das crianças
Amar e ser amado

Café fresco
Bolo molhado

Cafuné em forma de palavra
Bons diálogos que fluem

Mudar o estilo
A rota
Aprender após a dificuldade

Estar atento ao tempo
No que é

Não passa
A melhor sensação da vida
É lembrar que ela é o

Aqui E Agora
No que fica.

DESA-ROTAR

Às vezes a gente mira no ideal e acerta no real.
Fora de rota, muita coisa surge...

Há que decidir: limitar no controlado ou ampliar no plural?

LIBERANDO

Liberta o sufocamento.
Traz a fala com afeto para fora
E abre espaços por dentro.

NASCE E MORRE

As rosas
As conquistas
Os medos
As coragens
O ano
A semana
As pessoas
E tudo isso que remete
O instante
O agora
O depois
Que embala
Os ritmos
Humanidades
E ciclos da vida

INDAGANDO

Dormi me perguntando:
É desejo ou intuição?

Acordei sem resposta.

Seja como for
Isso que aqui pulsa
Deixa minha alma em inquietação.

Desassossegada vou nessa direção.

UM DIA CHUVOSO

Aquele dia eu acordei nostálgica.

Um dia que a gente sente saudade dos cheiros, dos jeitos, dos rostos.

Dos lugares, das pessoas.

Sente saudade de quem foi e de quem nem se despediu.

Saudades também do que não concluiu.

Acordei e senti lapsos de memória
Parecia que o passado não virou história.

Estive em muitos lugares ao mesmo tempo
Comemorei e emocionei com afetos que surgiram.

Tive o privilégio de ir em bons lugares e angústia de ir em outros.

Os amores que ficaram, as esperanças que somaram.
As dores que partiram e me partiram.

Acordei sem identidade
Uma pessoa cheia de vivências nutritivas e percalços

Acordei sem endereço também
Pois nessa viajem para dentro não era terra de ninguém.

Olhei para mim olhei para os olhos que me viram
Olhei para as pessoas que não me enxergaram.

Olhei para quem pude me tornar em cada terno e eterno encontro.

Visitei a pele, o corpo vivo e nutrido de bons tempos emocionais.

Resgatei os motivos pelos quais também já chorei demais.

Era um dia de chuva. E nele, eu me encharquei de lembranças.

Me pinguei com as afetividades.

Me trovejei de pensar em algumas dificuldades.

Molhei de poucas certezas.

Enxuguei as lágrimas. Enxerguei os ventos de tempos outros.

Que sopram essa brisa, que fazem avistar essas descobertas.

Ou nublam ou que ainda não estou conseguindo acessar.

Eu fiquei olhando de mansinho nos pingos transparentes na janela
Vendo a vida estar
Lembrei porque apesar de muita intensidade, já vivida eu não me afoguei.

Olho para a chuva — para a vida
E para o que vale a pena continuar sem afogar.

No dia que tanto lembrei, que tanto me escutei e que tanto encontrei:
A chuva estava lá...
Me encontrou nos espaços
Manifestando traços
Do quanto o que traz saudade me inunda
De bons significados para sentir e seguir
Chovendo, chovemos.

SUBSTITUIR

Substantivos não bastam
Eu sempre quero reaprender
Como dar nome para as coisas

CAMINH(AMAR)

Amor é um dos meios pelo qual compreendemos os inícios
e lidamos melhor-ou-pior com cada um dos fins.

FLUIR

Rio e choro
Para o mar de possibilidades
Permanecer abrindo
E desaguando

CUIDA

Dos detalhes
Desfaz dos excessos
(...)

F'S

Fêmea Familiar
Franca Frágil
Forte Focada
Feliz Firme

Fresca Fiel Fofa
Fedida Feminista Faminta
Feminina Festiva Farofeira
Flexível Fraterna Fugaz
Fácil Farta Funcional

Frenética Fluida Falante Fadigada
Falhada Folia Fonte Formosa
Formas Foguete Faceira Fantasiosa

Quantos F's — cabem um uma mulher que:
Fala, Falta, Flutua, Finca e Fita Futuros Férteis...

SUBSTÂNCIAS

O medo é areia movediça
O desejo é argila que não para de moldar
Um afunda se pisar
O outro dá formas demais para recriar

GENUINIDADE

As melhores presenças são aquelas
Que instigam revelar mais de sua essência
Do que de qualquer coisa de status e aparência.
Numa nasce reticência na outra autoexigência

AQUELA SENSAÇÃO

Louca
Imprevista
Boa
E maximizante
Era demais para um dia comum

AVIÃO

Aviso de subida
Escutamos
Nota-se
Excitação... excitação
Sensações...
Boa... boa...
Sobe... sobe...
Estabiliza!
Porque assim como a vida
Não se pode viver só o frio na barriga

LIBERT-AR

Aquela era a nuvem da salvação
Tanta coisa pude inventar
E dar asas para minha imaginação

DESA-FOGAR

Tem um fogo aqui
Que riça e brota
Sempre que algo me afeta
Acende e queima
Faz arder
Tudo isso que ainda preciso dizer

CÁRCERE ABERTO

Somos pouco livres
Bem presos no desejo das
Liberdades

BAILA

Danço com as contradições
Sambo com o pesado
Valso com leve
Rock para cada raiva
Axé para espantar a má sorte
Sapateado quando a inconformidade vem debater
Forró para alinhar as expectativas:
Dois pra lá... dois pra cá
Tango para os compromissos sérios
Bailando ritmos
Afinamos passos e sentimentos
Girando... gingando
Rebola e roda
Se solta e tensiona
Fazendo balé
Com disciplina
Ou funk para extravasar
Não tem afeto melhor ou pior
É só jeito de dançar... Nenhum ritmo pode faltar
Pela defesa do bailar.

LABIRINTO VELADO

Para gente não sucumbir
Não esqueça:
Que você só entre de onda possa sair!

MÁQUINA VITAL

Palavras adiadas
E não escutadas
Afinando
As palavras
Anunciadas
Refinadas
Sensibilizadas
Palavras trêmulas
Abissais
Canhões
Perturbadores
Palavras que renunciam
Pedem paz
Clamam vida
São fontes
Infinitas
De revelar
Rebuscar
E afinar
Cada palavra
Que podemos Fincar.

Quantos instantes cabem nesse agora?

FINAIS

Auditivos
Contados
São abertos
Reconstituídos
Finais inventados
Tentados
Ampliados
Finais que se contam
Se espera... Ou se tenta
A gente vive vivendo os finais
Como vai ser, como foi?
E aquela recepção?
E aquela situação?
Revive aquela história
E tenta a resolução...
Nossa cabeça nos conta muitos finais
E contar
E verbalizar
Pode qualificar-ratificar
Dar ideias para aspirar
Pode deixar extravasar
Quantos finais podem aparecer
Quantos finais podemos ter?
Depende de quantas vidas ousamos viver
Vislumbrar outros finais
É dar corpo ao alternativo
A um final mais aberto
Pelo tanto que pode se manter — vivo
E...
Para que sempre possa haver
Um outro
Fim.

ACABAR SEM CESSAR

Esse é o meu primeiro livro. Ele vem ao mundo me ensinar a gestar outras de mim, toda vez que algo não puder mais se calar.
Me permitir continuar olhando os processos da vida, os meus e das pessoas.
Os ritmos. Essa valsa agitada que estamos imersos.
Por isso, eu acredito que não paro por aqui. Continuo produzindo metáforas, sopros lúdicos, verdades destruidoras, enredos realistas, rimas que perturbam e que harmonizam. Nesse misto, eu puxo meu estilingue poético e jogo para longe tudo isso que me toca.
Sei que estou no início. Terminar um livro é uma emoção enorme. Mas agora no fim dele após ler e reler muitas vezes, pergunto-me: será que ele ou eu estamos prontos?
A resposta vem: prontos só para começar.

Chegamos ao fim e desejamos vida longa a esses re.começos...